AF204301

Alexander Seidl

Licht im Leben

story.one – Life is a story

 story.one

1st edition 2023
© Alexander Seidl

Production, design and conception:
story.one publishing - www.story.one
A brand of Storylution GmbH

All rights reserved, in particular that of public performance, transmission by radio and television and translation, including individual parts. No part of this work may be reproduced in any form (by photography, microfilm or other processes) or processed, duplicated or distributed using electronic systems without the written permission of the copyright holder. Despite careful editing, all information in this work is provided without guarantee. Any liability on the part of the authors or editors and the publisher is excluded.

Font set from Minion Pro, Lato and Merriweather.

© Cover photo: Foto von Alexander Seidl

Weiterführende Links: www.alexanderseidl.net / www.seidlphotography.com

ISBN: 978-3-7108-3897-2

Vorwort

Die Welt ist voller Abenteuer,
Manche sind mir nicht geheuer,
Manche werd' ich nie erleben,
Doch nach den anderen werd' ich streben.

Die Welt ist voller Möglichkeiten,
Sieh und nutze sie stets weise!
Wer das Buch schon vor dem Ende schließt,
Begibt sich nie auf seine Reise.

Ich selbst bin mehr als nur ein Leben,
Bin mein eigener Gestalter,
Doch nur, wenn ich beginnen kann,
So werd' ich zum Entfalter.

Wie eine Raupe, die sich erst verpuppt,
Und anschließend zur Schönheit wird,
So muss auch ich mich erst verpuppen,
Bevor ich weiß, was aus mir wird.

INHALT

Prolog

Die durchschnittliche Lebenserwartung eines Menschen liegt grob bei 80 Jahren.

Die tatsächliche Lebenserwartung eines Menschen liegt nicht in unserer Hand.

Was aber allein in unserer Hand liegt, ist das, was wir aus den Jahren machen.

Wir können allein entscheiden, wo wir leben.

Wir können allein entscheiden, wie wir leben.

Wir können allein entscheiden, wofür wir leben.

Wir können allein entscheiden, aber möchten dies lieber gemeinsam tun.

Wir können alleine sein,
aber möchten lieber mit anderen sein.

Wir können mit anderen sein,
aber möchten manchmal lieber alleine sein.

Wir können uns verlieben.
Manche bleiben auch verliebt.

Wir können Liebe nicht verstehen,
also lasst uns damit aufhören,
es zu versuchen.

Wir können Großes schaffen,
wenn wir wollen.

Wir wollen,
also schaffen wir Großes.

Wir können dies für uns tun,
oder für andere.

Wir können uns der Welt verschließen.
Nur tut sie das nicht gegenüber uns.

Wir können ein Haus bauen,
und ein Zuhause haben.

Wir können die Welt bereisen,
und ein Zuhause finden.

Wir können auf uns selber hören,
und bereits Zuhause sein.

Wir können nach dem Sinn fragen.

Wir können aber auch der Sinn sein.

Alltag

Es war ein grauer Morgen. Kalt und zu früh. An den dreckigen Scheiben der Straßenbahn klebte der Regen und bahnte sich seinen Weg abwärts. In den Tropfen brach sich das Licht der Autoscheinwerfer, deren Besitzer gestresst versuchten, nicht auf der roten Welle durch die Stadt reiten zu müssen. Aber auch die, die aus Vernunft oder mangels Alternativen die öffentlichen Verkehrsmittel benutzten, wirkten nicht sonderlich zufriedener.

Fritz saß quer zur Fahrtrichtung auf einem von drei Sitzplätzen. Eine braune Ledertasche klemmte zwischen seinen Schuhen. Der Schal lag ordentlich auf den Knien, Handschuhe und Mütze beulten eine seiner Manteltaschen aus. Den Mantel selbst hatte er vollständig aufgeknöpft, um etwas Luft zu bekommen. Trotz unerklärlicher, eisiger Kälte draußen, war es in dieser Bahn ungewöhnlich heiß. Die verstaubte Heizung unter einem der Sitze bollerte und versuchte die Kälteschübe zu kompensieren, die an jedem Halt, gemeinsam mit etlichen Menschen, ins Innere schwappten. Schon komisch, dachte

Fritz. Keiner mag Fremde, aber in Bahnen geht den Menschen jedes Schamgefühl für Nähe verloren. Ihm selbst war egal, wie voll eine Bahn war, ob er saß oder stand. Er war jung genug. Nur verpassen durfte er keine.

Laut und quietschend fuhr die Tram durch die Metropole, bimmelte einige übermütige Jugendliche von den Gleisen, sog wie ein großer Walfisch die Massen ein, nur um sie einige Haltestellen später wieder auszuspucken. Es war dasselbe Spiel wie jeden Morgen. Monotonie in Perfektion. Und obwohl sich niemand unterhielt, war es ungemütlich laut in dem Gefährt.

Fritz musste pünktlich sein. Dafür klingelte sein Wecker früher, er duschte kürzer, ließ das Frühstück ausfallen und nahm die frühe Bahnverbindung, nur um festzustellen, dass die Rechnung vom Verkehrsverbund und nicht von ihm gemacht wird. Zwei Stellwerkfehler und einen kurzfristigen Personalausfall später, lief die Zeit wieder einmal gegen ihn. Panik stieg in ihm auf. Fritz öffnete das vordere Fach seiner Tasche und holte ein Buch hervor. "In 80 Tagen um die Welt" war dünn, wirkte halbwegs intellektuell und qualifizierte sich daher als ideale Bahnfahrerlektüre. Er öffnete das Buch und begann zu lesen. Als Fritz den ersten Satz auf Seite 13 viermal lesen musste, um ihn zu verstehen, bemerkte er, dass er sich nicht konzentrieren konnte. Er tauschte das Buch gegen seine AirPods, startete irgendeine Playlist und lehnte den Kopf an die Scheibe.

Zum ersten Mal an diesem Morgen betrachtete er seine Gefährten. Ihm gegenüber, etwas versetzt, saß eine dunkelhäutige Frau, die laut in einer fremden Sprache telefonierte. Neben ihm, direkt an ihm dran, lehnte ein bärtiger, großgewachsener Mann im Anzug, dahinter Schüler, Studenten, Mütter, die ihre Kinder in die Kita bringen mussten, Väter, deren Kinder bereits von ihren Müttern in die Kita gebracht wurden, und unzählige Geschäftsleute. Fritz' Augen blieben auf einem alten Mann stehen, der sich tapfer an eine Stange klammerte. Er lächelte. Fritz lächelte verlegen zurück und bot ihm, mit einer weniger eindeutigen Bewegung als er dachte, seinen Sitzplatz an. Der Mann verstand und lehnte dennoch dankend ab. Selbstbestimmt, dachte Fritz. Noch eine Haltestelle: Fritz erhob sich, schulterte die Ledertasche und ging zur Tür. Nasse Kälte war der Empfang. Er vergrub sein Gesicht im Schal und ging zur Arbeit.

Arbeit

Bis zwölf Uhr hatte Fritz seine To-Do-Liste für den Tag zu einem Drittel abgearbeitet, hatte Gespräche mit Kollegen geführt, über ein neues Projekt beraten, sich mit einem unbequemen Kunden herumgeschlagen und stand nun vor dem Spiegel der Männertoilette und verlor das Blickduell.

Bereits zum dritten Mal wusch er sich die Hände und richtete die Haare. Er konnte sich nicht dafür entscheiden, ob er den Hemdkragen nach innen oder außen tragen sollte, was davon strategisch sinnvoller war, entschied sich dann aber für die dezentere Variante. Er überhörte ein Klopfen an der Türe, weil er ein letztes Mal die richtige Wortwahl probte, atmete hörbar aus und sperrte auf. Herr Frido, der Firmen-IT-ler, wartete bereits, lächelte dümmlich verlegen und beeilte sich, aufs Klo zu kommen.

Fuck, dachte Fritz. Keine Ahnung, wie lange ich da drinne war. Der denkt bestimmt, ich musste groß. Scheiße!

Der Konferenzraum füllte sich. Der Beamer warf ein grünstichiges Bild an die weiße Wand und gab Auskunft über die heutige Agenda. Jetzt würde sich entscheiden, ob Fritz' Projekt in die Tat umgesetzt werden würde. Ein Projekt, wovon er während seiner Ausbildung geträumt, wofür er während der darauffolgenden drei Jahre hart gekämpft und es nun, nach mehreren Anläufen, Anmerkungen und verpflichtenden Änderungen, beinahe fertiggestellt hatte. Stolz führte er die Kollegen in seine eigene Welt. Eine Welt, die vor selbstbewusster Zukunft strotzte, doch keine Mauern zur Verteidigung besaß und nach zwei Stunden Belagerung in sich zusammenfiel.

Es dauerte Stunden, bis Fritz zumindest die großen Scherben seiner Arbeit einsammeln konnte. Einen kurzen Augenblick lang dachte er ernsthaft darüber nach, mit dem Kleben zu beginnen, bevor er sie schlussendlich, wie befohlen, doch entsorgte und zu seinem Tagewerk zurückkehrte.

Mit jeder halben Stunde, die verstrich, begann für mehr und mehr Kollegen der lang ersehnte Feierabend und so ging es weiter, bis nur noch Fritz' Schreibtischlampe und der PC-Monitor kläglich daran scheiterten, das große Büro auch nur halbwegs auszuleuchten.

Wahrscheinlich war er einer der Letzten, die in dieser Stadt überhaupt noch am Arbeiten waren. Ein besonderer Vertreter eben dieser Spezies, die im Dunkeln kommen, und im Dunkeln wieder gehen und dazwischen den Tag verstreichen lassen.

Sein Blick wanderte am Bildschirm vorbei, durch das Fenster in den gegenüberliegenden Bürokomplex. Die beiden Gebäude standen nah beieinander und meistens war das, was man in den fremden Büros sah, weitaus interessanter als das, mit dem man sich selbst beschäftigen musste. Fritz ließ seinen Blick schweifen. In grellem LED-Weiß waren auf jeder Etage noch Büros erleuchtet. Die Szenen darin: etagenübergreifend austauschbar. Meist junge Menschen in Blusen oder Jacketts, alleine, vor einem Bildschirm sitzend, und den Blick durch das Fenster wandernd. Fritz war es, als sähe er in einen Spiegel. Ein beklemmendes, endgültiges Gefühl machte sich in ihm breit. Auf einmal stand er auf. Frau Meyer, die Empfangsdame und gute Seele der Firma, kam vom Aufräumen und sah ihn so im Halbdunkel stehen.

»Fritz, ist alles in Ordnung?«

»Nein.«

Aufbruch

Frau Meyer wollte noch genauer nachfragen, doch ihre Worte verstummten. Zu viel konnte sie Fritz' Aussage bereits entnehmen. Daher blieb sie einfach im Türrahmen stehen und schaute ihm dabei zu, wie er sich wieder an seinen Rechner setzte, alle offenen Tabs schloss, das Mailprogramm öffnete, alle Ordner nacheinander markierte und schließlich in den Papierkorb verschob. Diesen leerte er anschließend mit nur einem Tippen auf die Tastatur. Dann betätigte er mit dem Fuß die Steckdosenleiste und der Bildschirm wurde schwarz. Frau Meyer sah, wie Fritz sein Fach in seine Tasche entleerte, einige Notizzettel zerriss, dem Mülleimer übergab und zu guter Letzt mit Mantel und Tasche unterm Arm die Lampe betätigte.

Mit einem Mal standen sie im Flur. Auch wenn Frau Meyer etliche Fragen stellen wollte, sie wusste auf jede bereits die Antwort.

»Frau Meyer, ich mochte Sie immer am liebsten. Sie können mehr als wir alle zusammen. Das weiß ich, das wissen Sie und das wissen die!«

Sie sagte nichts, aber ein leichtes Schmunzeln verriet ihre Freude.

Grinsend drehte sich Fritz um und öffnete die Tür zum Treppenhaus.

Auf dem zweiten Treppenabsatz begegnete er seinem Chef samt Prokuristen.

»Ah, Fritz, gut, dass wir Sie noch sehen! Wir machen uns jetzt auf den Weg. Den Bericht können Sie mir auf den Schreibtisch legen und die Korrekturen ins Fach. Wir besprechen dann später telefonisch alles Weitere. Ich rufe Sie an!«

»Nein!«

Ohne ein weiteres Wort drückte sich Fritz an seinen Vorgesetzten vorbei und ließ sie hinter sich zurück. Noch nie hatte er einem Wort mehr Ausdruck verliehen, wie in diesem Augenblick. Mit einem Mal stand er im strömenden Regen und konnte sich nicht gegen das Grinsen wehren, das mit jedem Schritt, den er auf die nasse Straße setzte, breiter und breiter wurde. Der Joker wäre eifersüchtig geworden.

Dann legte er den Schal locker um seinen Hals und machte sich auf den Heimweg.

Er erreichte den Bahnhof, als die Fahrpläne turnusmäßig von 20-minütig auf stündlich wechselten.

Die elektronische Anzeigetafel, die von den Tauben deutlich als ihr Revier markiert wurde, gab Auskunft über etliche Verspätungen und bat zeitgleich um Verständnis. Mittlerweile unglaubwürdig, dachte Fritz. Obwohl der Bahnsteig überdacht war, ließ es sich der Wind nicht nehmen, den Wartenden eine Kostprobe von Regen und Kälte zu servieren, mit dem Ergebnis, dass es sich in der Bahnhofshalle tummelte und hier oben menschenleer war. Fritz' Zug fiel aus, doch er wollte oben warten.

Blechern kündigten die Lautsprecherboxen die Einfahrt eines Zuges an, der sich wie eine lange Schlange bedächtig an den Bahnsteig schmiegte und auf Höhe Fritz zum Stehen kam.

Fritz schaute nur kurz auf die LED-Anzeige neben der Türe. Dann nahm er seine Ledertasche vom Boden auf und stieg fast schon mechanisch, ohne irgendeine Gegenwehr, die drei Stufen hinauf und verschwand im Inneren des Zuges.

Der Regen klebte an den klaren Scheiben und bahnte sich seinen Weg abwärts, bis er mit dem Fahrtwind in der Nacht verschwand.

Ankunft

Es war noch dunkel, als der Zug sein Ziel erreichte. Fritz konnte kaum glauben, es, ohne kontrolliert worden zu sein, hierher geschafft zu haben. Er verließ sein Abteil, stieg die drei Stufen hinunter und erreichte mit seinem rechten Fuß zuerst den fremden Boden.

Er schwamm mit der Masse und keine vier Minuten später stand er vor dem Gare du Nord in Paris. Obwohl es tiefste Nacht war, pulsierte hier das Leben. Ein Leben, das ihm weniger grau erschien und sich milder anfühlte als das, was er keine acht Stunden zuvor noch als seinen Alltag bezeichnete. Er machte sich planlos auf den Weg. Das letzte Mal, als er in Paris gewesen war, war er mit dem Frankreichaustausch gereist und mitten im Fête de la Musique gelandet. Zumindest grob wusste er noch, wo was sein müsste, verlief sich aber bereits nach der vierten Kreuzung. Merde, dachte Fritz, entschied sich aber gegen das Umdrehen und lief einfach weiter. Im Normalfall hätte er sich von seinem Handy leiten lassen, doch das war bereits nach einer Stunde Zugfahrt ausgegangen. Lachend hatte er feststellen müssen, dass alles, was auf der Arbeit von ihm bliebe, ein verlorenes Ladekabel mit Wackelkontakt sein würde.

»Warum muss hier denn auch alles gleich aussehen?«, sagte er sich leise, als er in der für ihn dunkelsten Ecke strandete, die ganz Frankreich zu bieten hatte.

Um sechs Uhr morgens bog Fritz um eine Ecke und stand plötzlich an den Füßen des Eiffelturms. Wie ein riesiges "A" rührte er in der Wolkendecke, die erst rund zwei Stunden später für einige bescheidene Sonnenstrahlen aufbrechen sollte. Fritz setzte sich auf eine der vielen Parkbänke und ließ, in Handschuhe und Schal gehüllt, die Stunden vorüberziehen. Er sah dabei zu, wie sich die Nacht allmählich dem Tag beugte und die Stadt langsam erwachte. Er sah Jogger mit Stirnlampen, die in beachtlichem Tempo vorüber rannten und Mitarbeiter der Müllabfuhr, die nach dem Rechten sahen. Er sah Marktverkäufer, die hastig, aber guter Laune, ihre Stände aufbauten und Hunde, die mit ihren Herrchen Gassi gingen. Er sah Tauben, die sich um ein Stück Abfall stritten und übermotivierte Fotografen beim Einstellen ihrer Stative. Er sah ein Pärchen Hand in Hand, wahrscheinlich auf dem Weg nach Hause, und mit dem ersten Sonnenstrahl die ersten Touristen. Man erkennt sie immer, dachte Fritz. Touristen sehen einfach immer fremd aus. Normalerweise hätte er das auch über sich gesagt, aber aus einem unerklärlichen Gefühl heraus, fühlte er sich gerade sehr französisch. Vielleicht lag es daran, dass er nichts weiter dabei hatte, außer einer Ledertasche mit einem Buch und mittlerweile unwichtiger Dokumente.

Fritz frühstückte in einer kleinen Bäckerei und es war ihm, als hätte er noch nie besser gefrühstückt. Anschließend zeigte sich ihm Paris von seiner besten winterlichen Seite. Er sah den Arc de Triomphe, die Champs Élysées, das Pariser Rathaus, die Notre-Dame und als einer der ersten morgendlichen Besucher die Mona Lisa. Als er gerade an der Seine entlangschlenderte, hielt er auf einmal an.

So schön das alles wirkte, war ihm plötzlich melancholisch zumute. Ein Gefühl von Schuld und fehl am Platz zu sein, machte sich in ihm breit und nach kurzem Innehalten, wollte er einfach nur noch zurück nach Hause. Also fragte er nach dem Weg und lief zurück zum Gare du Nord.

Ausgespuckt

»Oui, Monsieur!«

»Pardon, Madame, je ne parle pas français. Ähm, English?«

»Un petit peu«, sagte die Dame hinter der Scheibe und nickte etwas mit dem Kopf.

»Okay, cool. I would like to buy a ticket to Germany, please. À Deutschland, Allemagne.«

»Oui, compris.«

Die Dame verschwand für einige Augenblicke hinter ihrem großen Bildschirm. Dann begann der Drucker im Hintergrund fürchterlich zu rattern, stoppte kurz, ließ sich aber mit einem geübten und präzisen Schlag auf den Kopf wieder anwerfen. Scheint hier wohl normal zu sein, dachte Fritz und schmunzelte in sich hinein. Für ihn klang es eher so, als würde sein Ticket nicht gedruckt, sondern geschreddert werden. Umso größer war seine Verwunderung, als er keine Minute später ein zwar sehr blass bedrucktes aber sonst einwandfreies Zugticket in den Händen hielt.

Er zahlte den Ticketpreis und wandte sich bereits ab, als ihm auffiel, dass nicht alle Informationen auf sein Ticket gedruckt worden waren. Gleis und Sitzplatz waren gerade noch so zu lesen, doch Abfahrtzeitpunkt und Zugnummer nicht erkennbar. Fritz drehte sich erneut zum Kassenhäuschen und fragte, auf seine Armbanduhr zeigend, nach der Abfahrtszeit.

»Égal!«

»Wie, egal? Ich muss doch wissen, wann mein Zug fährt«, entgegnete Fritz ungläubig.

»Oui, égal!«

»Nein, das ist nicht egal!«

»Now!«, rief die Dame hinter der Scheibe.

»Wie? Jetzt???«

Fritz rannte so schnell er konnte, nahm auf Treppen zwei Stufen zeitgleich, stieß fast eine ältere Dame zu Boden und erreichte den Zug, kurz nachdem er abgepfiffen wurde. Völlig außer Atem, aber durchaus erleichtert, suchte er das passende Abteil und ließ sich auf seinen Sitzplatz fallen. Er hatte es tatsächlich noch geschafft. Er saß mit dem richtigen Ticket, am richtigen Bahnsteig, am richtigen Gleis - im falschen Zug, der, anstatt nach Hause zu fahren, als Ziel den Süden Frankreichs ansteuerte.

Fritz wurde wachgerüttelt und musste sich erst einmal sammeln. »Sind wir da?«, fragte er instinktiv. Er schaute sich um. An der Scheibe hing neben einem großen Fettfleck ein Spuckefaden. Igitt, dachte Fritz. Plötzlich legte sich eine Hand auf seine Schulter; Fritz zuckte zusammen.

»Pardon Monsieur, les billets s'il vous plaît!«

»Sorry?«

»Ticket?«

»Ah, Ticket, oui. Un Moment s'il vous«, entgegnete Fritz und kramte seine Fahrkarte aus der Manteltasche. »Plaît!«

»Non, non Monsieur. C'est faux!«

»Nein?«

»Non, ce train ne va pas en Allemagne.«

Fritz schaute den Schaffner mit großen Augen an.

»No Germany!«, sagte dieser und gab Fritz vor allen anderen Fahrgästen ein unmissverständliches Zeichen, seinen Platz zu räumen.

Der Zug hielt an einem namenlosen Bahnhof mitten auf dem Land. Keiner wollte hier raus. Auch Fritz nicht. Doch er musste. Ein wenig fühlte er sich so, wie Mr. Bean im passenden Kinofilm. Nur weniger komisch. Witzig ist anders, dachte er. Das hier ist einfach nur scheiße! Der Zug setzte sich wieder in Bewegung und ließ ihn mitten im Nirgendwo zurück.

Anruf

Dürfen die das überhaupt, dachte Fritz wütend. Dürfen die mich einfach so hier rausschmeißen?

Kurz überlegte er, den nächsten Zug zurückzunehmen. Eine kleine Hoffnung, die allerdings im Keim erstickt wurde, als er feststellen musste, dass der letzte Zug des Tages der war, der ihn an diesen Ort gebracht hatte. »Scheiße!«, schrie er lauter, als er wollte.

Es blieb ihm nichts anderes übrig, als loszulaufen. Wohin, wusste er selbst nicht. Für kurze Zeit hielt er sich an die Schienen, bis er an eine Weggabelung kam, die mit Wegweisern versehen war. Nun konnte er sich entscheiden. Linksherum ging es den Berg hinunter in Richtung Avignon. Eine Stadt, die er zumindest dem Namen nach kannte und laut Wegweiser nach nur rund 62 Kilometern erreichen sollte. Rechtsherum, den Berg hinauf, lag in sieben Kilometern Entfernung eine Stadt, deren Namen er nicht einmal aussprechen konnte. Ganze drei Minuten machte er sich auf den Weg nach Avignon, bis er schließlich stehen blieb, sich wieder

umdrehte und doch die andere Richtung ein-
schlug. »Idiot!«

Der Ort erinnerte ihn ein wenig an das Bergdorf aus dem Lieblingsfilm seiner Mutter, nur
weitaus kleiner. Er lag auf einem mickrigen
Hügel, hatte eine Kirche, einen winzigen Marktplatz samt Brunnen und Café und einige wenige Häuser, die lediglich zum Wohnen dienen
konnten. Sonst nichts. Keinen Laden. Keine
Menschen. Keine Tiere. Und auch keine Choco-
laterie, wie in dem Lieblingsfilm seiner Mutter.
Fritz ging über den Platz und wollte sein Glück
im Café versuchen. Als er gerade an der Tür
klopfen wollte, wurde sie urplötzlich von innen
geöffnet. Fritz wich zurück und konnte einen
leichten Schrei nicht unterdrücken.
»Bonsoir!«, sagte eine Stimme lachend. Im Türrahmen stand eine bildhübsche Frau. Obwohl
es Februar war, trug sie ein langes Kleid und
einen Hut. Fritz schätzte sie etwas jünger als
seine Mutter. Er brauchte einige Zeit, um sich
zu sortieren: »Bonsoir!« Dann fragte er sie, ob
er einmal telefonieren könne. Zu seiner Überraschung antwortete sie in bestem Englisch und
führte ihn freudestrahlend ins Innere des Cafés.
Sie holte ein Telefon mit Wählscheibe hervor,
stellte es auf die Theke und ließ Fritz allein.

»Hallo, Mama!«

»Fritz, wo bist Du?«

Fritz begann zu weinen. Er konnte nicht anders.

»Fritz!«

»Ja, mir geht es gut. Ich bin irgendwo in Frankreich. .... Irgendwo im Süden.«

»Wieso bist Du in Frankreich? Warum meldest Du Dich nicht?«

»Ich weiß.«

»Fritz, das geht so nicht, ich mache mir Sorgen!«

»Mama,«, Fritz musste schlucken, »ich glaub', ich hab' ein Problem. Ich bin einfach in den ersten Zug gestiegen, der kam.«

»Dann nimm den nächsten, der zurückfährt.«

»Das kann ich nicht. Ich glaub', ich hab' gekündigt.«

»Du hast was?«

»Ich konnt' nicht anders, ehrlich. Ich hatte plötzlich das Gefühl, dass, wenn ich da jetzt nicht geh', dass es dann für immer ist.«

Für eine kurze Zeit sagte keiner ein Wort.

»Okay, Fritz. Das ist okay.«

»Nein, das ist nicht okay. Die von der Arbeit melden sich bestimmt die Tage. Mama, ich bin da einfach weg!«

»Fritz, ist okay! Da kümmere ich mich drum.«

Armbanduhr

Nach einer Viertelstunde war das Telefonat beendet. Fritz' Mutter wollte alles wissen, und er erzählte alles. Nur auf die Frage, wann er wieder Zuhause wäre, konnte er keine gute Antwort finden. Aus für ihn unerklärlichen Gründen fühlte sich die Frage wie eine zweite Chance an. Er konnte ein weiteres Mal wählen, ob sein Ausbruch nicht noch länger andauern sollte. Nach langem Überlegen sagte er einfach nur: »Ich weiß es noch nicht, Mama.«

Fritz öffnete die Türe des Cafés und trat erneut auf den kleinen Marktplatz. Die Besitzerin stand rauchend an der Ecke zum Haus und drehte sich fröhlich zu ihm um.
»Hat alles funktioniert?«, fragte sie ihn.
»Ja, Danke schön«, antwortete Fritz.
»Ich bin übrigens Irène«, sagte sie und begrüßte ihn auf typisch französische Art.
»Ich heiße Fritz.«
»Freut mich sehr.«
»Mich auch. .... Gibt es hier irgendwie vielleicht ein Hotel, oder so?«

»Leider nein. Wir hatten hier mal einen Gasthof, aber der hat schon vor Jahren geschlossen. Ich weiß von einem Hotel in der nächsten Stadt. Aber das ist noch etwa eine Stunde hier über die Felder. Ich würde dich fahren, aber ich kann hier gerade nicht weg. Ich habe gleich noch Unterricht.«

»Unterricht?«, fragte Fritz verwundert.

»Ja, ich bin Lehrerin am Collège in Avignon und unterrichte manchmal auch noch online.«

Irène und Fritz unterhielten sich noch eine Weile, während sie das Café für ihre Stunde herrichtete. Er verabschiedete sich kurz vor Stundenbeginn und machte sich auf den Weg über die Felder. Als er gerade das erste Feld betreten hatte, klirrte etwas unter seinen Füßen. Das klingt eindeutig anders als Erdklumpen, dachte Fritz. Er hob den Gegenstand auf und hielt ihn in die Dämmerung. Es war eine Armbanduhr. Sie war schlicht gehalten, mit schwarzem Lederband und weißem Zifferblatt. Die Zeiger und Ziffern waren in Gold abgesetzt. Eine edle Uhr, die dennoch kaputt zu sein schien. Die Datumsanzeige stand auf dem 3.4. und die Zeiger auf genau halb zwölf. Der oberen Einfassung des Armbands fehlte ein Stift, der sonst dafür sorgte, dass die Uhr zusammengehalten wurde. Das war wahrscheinlich auch der Grund, warum sein Träger sie verloren hatte. Fritz drehte sie herum. Auf der Rückseite fand er eine Gravur:

Für alle Zeit - in Liebe - Elisabeth

Fritz lief zurück zum Marktplatz und öffnete erneut die Cafétür. Irène saß vor ihrem Laptop, lächelte ihn an und schaltete ihr Mikrofon aus. »Hast du etwas vergessen?«
Fritz gab ihr die Uhr, die sie nicht lange betrachten musste. »Das ist Antoines.« Sie drehte sie in ihren Händen und wiederholte ihre Worte mehr für sich: »Ja, das ist Antoines!«
Dann schaute sie Fritz direkt in die Augen, als würde sie noch überlegen, was sie sagen wollte und fragte ihn schließlich, ob nicht er die Uhr seinem Besitzer zurückbringen könne.

Nach kurzer Wegbeschreibung fand sich Fritz am Fuße eines Hügels wieder, an dessen Ende er ein altes Anwesen mit Garten und Feld erkennen konnte. In einem Fenster brannte Licht. Fritz öffnete das Gartentor und klopfte an die Haustür. Es dauerte, bis sie schließlich geöffnete wurde. »Oui?«
»Pardon, sind Sie Antoine?«

Antoine

Fritz schaute in das Gesicht eines alten Mannes. Jede einzelne Falte schien eine Geschichte längst vergangener Zeit zu erzählen, doch die Augen, die ihn aus einer runden Brille heraus fixierten, wirkten wach und klug. Der Mann überragte ihn in Größe und Breite um ein Vielfaches, nutze beim Stehen aber nicht die volle Größe seines Körpers aus. Fritz war es unmöglich, sein Alter zu schätzen.

»Ja, ich bin Antoine!«

Fritz hatte nicht erwartet, dass ihm auf Deutsch geantwortet werden würde. Perplex stand er vor dem Fremden, stammelte einige undeutliche Worte, bis er seinen Satz schließlich abbrach und erneut begann.

»D'accord«, sagte Antoine fast unhörbar nach einer Weile und war im Inbegriff, die Tür wieder zu schließen.

»Ich hab' Ihre Uhr gefunden!«

Der Türspalt vergrößerte sich erneut. Antoine kam mit ausgestreckter Hand zu Fritz hinunter.

»Gib sie mir, bitte!«

Er nahm die Uhr entgegen, drehte sie auf die

Rückseite und überprüfte die Gravur. Anschließend steckte er sie in seine Hemdtasche.

»Danke sehr, Junge!«

Dann drehte er sich um, schloss die Tür und ließ Fritz alleine zurück. Okay? Irgendwie komisch, dachte Fritz und wollte sich bereits auf den Rückweg ins Dorf machen, als ein Lichtkegel erneut den Garten erhellte.

»Hast Du Hunger?«

Einen kurzen Augenblick später saß Fritz in der Küche des alten Hauses und schaute in das knisternde Feuer eines Kachelofens.

Antoine stand am Herd und rührte mit einem Holzlöffel in einem massiven Kochtopf. Schon seitdem Fritz das Haus betreten hatte, duftete es köstlich nach warmem Gemüse und Kräutern, doch erst jetzt bemerkte er, wie hungrig er tatsächlich war. Eigentlich ließ er nichts auf die Kochkünste seiner Mutter kommen, doch noch nie hatte er ein besseres Ratatouille gegessen, wie an diesem Abend. Damit es für beide reichte, ergänzten sie es mit verschiedenem Käse, fettiger Salami und einigen Scheiben Baguette und Fritz war dankbar, dass so freundschaftlich mit ihm geteilt wurde.

»So, Fritz, erzähl mal!«, sagte Antoine schließlich. »Woher wusstest Du, dass dies meine Uhr ist?«

»Irène hat das gesagt«, antwortete Fritz.

»Ah, Du kennst Irène?«

»Ich hab' sie vorhin kennengelernt.«

»Und wo genau hast Du die Uhr gefunden?«

»Sie lag auf einem Feld. Ich bin versehentlich draufgetreten. Das tut mir wirklich sehr leid, ich glaub', ich hab' sie kaputt gemacht.«

Antoine holte die Uhr aus seiner Hemdtasche und betrachtete sie äußerst genau. »Nein, Junge. Sie ist genauso, wie sie immer war.«

»Aber die Uhrzeit und Datum funktionieren nicht. Ich hab' es ausprobiert. Sie läuft nicht.«

»Das muss sie auch nicht, Junge.«

Eine Pause entstand, die sich für Fritz wie eine halbe Ewigkeit anfühlte. »Warum sprechen Sie eigentlich so gut Deutsch?«

Antoine schaute auf: »Ich habe für einige Zeit dort gelebt. Bei München, in der Nähe .... «

»Nun ja, ich bin auf jeden Fall sehr dankbar, dass Irène Dich zu mir geschickt hat.«

»Irène sagte auch,«, begann Fritz zögerlich, »dass Sie Zimmer zur Verfügung stellen?«

Antoine musterte ihn ausführlich von oben nach unten, bevor er antwortete.

»Oui, ich habe zwei Kammern unterm Dach. Wenn Du magst, kannst Du bleiben.«

Anwesen

Am nächsten Morgen wurde Fritz von der Sonne geweckt. Sie schien ihm durch eine runde Dachluke direkt ins Gesicht und brachte einen neuen Tag. Er brauchte einige Augenblicke, um sich zurechtzufinden und zu wissen, wo er war. Fritz stand auf und betrachtete die Kammer, in der er genächtigt hatte. Sie war nicht besonders groß, bot aber alles, was man brauchte. Ein Bett, das furchtbar bequem war, eine Kommode für Kleidung oder andere Dinge, sowie einen Schreibtisch und einen Ohrensessel mit Leselampe. Fritz nahm seine Klamotten vom Sessel, zog sich an und ging nach unten. Antoine war nicht zu finden, also schaute er sich erstmal um. Das Haus wirkte von außen eindeutig größer, als es von innen war. Die Küche und der Wohnbereich gingen ohne erkennbare Trennung ineinander über. Das Badezimmer lag als einziger Raum auf einer Zwischenetage und die Schlafräume am Ende einer steilen Treppe unterm Dach. Was Fritz zwar am Abend schon aufgefallen, jedoch bei Tageslicht besehen noch mehr ins Auge stach, war, dass jede freie Fläche, an Wänden oder Schränken, egal wie klein oder groß sie sein mochte, mit Fotos behangen war. Fotos in Rahmen und ungerahmt, in Farbe und schwarz-weiß. Fritz begann, die Motive zu studieren. Sie zeigten Menschen und Häuser, Landschaften und Städte, Tiere und Pflanzen und immer wieder dieselben Gesichter. Fritz ließ sich von den Fotos leiten, immer weiter durch das Haus. Den Blick nur auf die Bilder gerichtet, stieß er eine Blumenvase um, die ihren Inhalt auf den Fliesen verteilte, aber glücklicherweise heile blieb. Er machte sich auf die Suche nach einem Besen und öffnete eine Tür, hinter der er die Abstellkammer vermutete. Auf einmal stand er in einem großen, dunklen Zimmer, ohne Lichtschalter. Das Licht vom Flur fiel auf sonderbare Vorrichtungen, die Fritz noch nie in seinem Leben gesehen hatte. Es roch nach abgestandenem Wasser und Chemie. Fritz ging tiefer in den Raum hinein. Hin und wieder trat er in irgendwelche Pfützen und stieß gegen leere Kanister. »Was ist das nur für ein Ort?«, fragte er sich leise, als sein Kopf gegen etwas Feuchtes stieß, das von der Decke hing. So beginnen Horrorfilme, dachte er.

»Was machst Du hier?«

Fritz erschrak und drehte sich schlagartig um.

Im Türrahmen stand jemand. Fritz wich weiter zurück und prallte mit dem Rücken gegen eine Wand. Dann passierte alles ganz schnell. Die Silhouette stürmte in den Raum und schloss die Tür hinter sich. Das letzte karge Licht erlosch. Fuck, Fuck, Fuck, dachte Fritz. Er war gefangen in der Dunkelheit mit einem Fremden. Mit einem Wahnsinnigen. Mit dem Rücken zur Wand. Es surrte, es flackerte und auf einmal wurde es heller. Fritz öffnete die Augen und erkannte Antoine, der direkt vor ihm stand. Eine einzige Glühlampe tauchte den Raum in blasses, rotes Licht. »Was ist das hier?«

»Fritz, ich bin Fotograf und Du stehst in meiner Dunkelkammer.« Erst jetzt realisierte Fritz, wo er eigentlich war. Der Raum verlief schlauchartig in die Tiefe. Im hinteren Bereich lagerten unzählige Bilderrahmen in verschiedensten Größen. Fritz selbst lehnte an einer Art Industrieschrank. Von der Decke hingen nasse Fotos, festgemacht an Wäscheleinen. Antoine unterbrach Fritz' Bestandsaufnahme: »Hier, ich habe Dir alte Sachen rausgesucht. Du kannst ja nicht die ganze Zeit im Anzug rumlaufen.« »Das ist nett, aber ich glaub', die brauch' ich nicht.« »Junge, ich bin in meinem Leben viel gereist. Und wenn ich bei irgendwem unterkam, blieb ich nie nur eine Nacht.«

Avignon

Antoine stand am offenen Kofferraum seines Citroën 2CV und lud einige Kisten ins Auto.

»Guten Morgen.«

»Morgen, Fritz.«

»Wo geht's hin?«

»Nach Avignon. Ich habe einen Termin. Mit meinem Freund Claude. Er rahmt meine Fotografien. Du kannst gerne mitkommen, wenn Du magst.«

»Gerne!«, entgegnete Fritz.

»Kannst Du Auto fahren?« Fritz nickte.

»Ausgezeichnet, dann fährst Du.«

Fritz versuchte zu starten und würgte den alten Wagen ruckartig ab.

Antoine starrte ihn mit großen Augen an: »Ich dachte, Du hast einen Führerschein?«

»Hab' ich auch, aber ich fahr' nur Automatik.«

»Automatique!«, wiederholte Antoine. »Junge, Du bist hier auf dem Land. Hier verkümmern unsere Hände noch nicht. Hier benutzen wir sie. Das ist wie in der Fotografie. Wahre Kunst entsteht erst manuell. Also noch einmal!«

»Kupplung. - Kupplung! - **Kupplung!!!**«

Schweißgebadet erreichten sie ihr Ziel.

»Très bien! Das war gut«, sagte Antoine und stieg lachend aus. Das erste Mal seit Wochen überhaupt hörte ihn Fritz laut lachen.

»Nein, das war prima! Ab sofort fährst immer Du!« Sie parkten den Wagen unter einer alten Pinie und liefen, jeder eine Kiste tragend, in die Stadt. Avignon empfing sie mit einer warmen Brise.

Die Rahmenmeisterei von Claude Magnon lag in einer kurzen Gasse unweit des Papstpalastes. Es war ein kleiner Laden, den man dank des großen Schaufensters nicht unbedingt betreten musste, um jeden Winkel gesehen zu haben. Eine junge Mitarbeiterin begrüßte sie, nahm ihnen die Kisten ab und gab im Büro Bescheid.

»Claude kommt sofort«, sagte sie.

»Junge, wir brauchen ein wenig Zeit«, antwortete Antoine an Fritz gerichtet. »Schau Dir gerne die Stadt an! Sagen wir, wir treffen uns um vier Uhr unten an der Brücke?«

»Klar! Welche Brücke?«

»Du wirst sie finden«, entgegnete Antoine schmunzelnd und ging pfeifend davon.

Drei Wochen waren bereits vergangen, seitdem Fritz an Antoines Tür geklopft hatte und mit jedem einzelnen Tag lebte er sich mehr ein. Gewöhnungsbedürftig war es, bei einem Fremden zu wohnen, keine Frage. Vor allem zu Beginn wusste Fritz nicht so ganz, ob er wirklich willkommen war und bleiben sollte. Doch je länger er blieb, desto mehr bröckelte die mürrische Fassade Antoines und ein humorvoller und liebenswürdiger Mensch kam zum Vorschein.

»In 200 Metern links!«, befahl Fritz' Handy und er gehorchte dem Gerät. Er hatte es jetzt schon ein paar Mal bei Irène geladen, aber wegen des schlechten Empfangs kaum genutzt. Hier in der Innenstadt jedoch, schlug es jeden Reiseführer dieser Welt. Diesen Vorteil machte sich Fritz gerne zu eigen, zumindest so lange, bis seine Abenteuerlust die Reiseleitung übernahm und das Handy in die Tasche wanderte. Fritz ließ sich treiben. Er ging über den Markt, schaute kurz am Palast vorbei und kaufte sich ein T-Shirt in einer Boutique. Er probierte eine Praline, die ihm aufgezwungen wurde und kaufte anschließend eine ganze Packung. Immer wieder griff er nach seinem Handy, um etwas zu fotografieren und behielt es schließlich in der Hand. Als Fritz um vier Uhr den Treffpunkt erreichte, traf er Antoine in einem Café vor einem Glas Rotwein. Fröhlich setzte er sich dazu.

Apparat

»Non, Du fährst!«, sagte Antoine und nahm auf dem Beifahrersitz Platz.

Fritz verstaute seine Tüten im Kofferraum und stellte sie neben die Kisten neu gerahmter Fotografien. Dann legte er sein Handy in die Ablage, drehte den Schlüssel und der Motor heulte auf. Dieses Mal verreckt er mir nicht, dachte Fritz, kurz bevor er den Wagen erneut abwürgte.

»Auf ein Neues«, lachte Antoine und klopfte spielerisch auf das Armaturenbrett.

»Wie gefällt Dir Avignon?«

»Gut!«, antwortete Fritz und startete den Wagen ein weiteres Mal. Diesmal fuhr er vorsichtig vom Parkplatz. »Ich hab' super viel gesehen«, begann er zu erzählen, griff mit der rechten Hand nach seinem Handy, entsperrte es und reichte es Antoine. »Hier, ich hab' einige Fotos gemacht.«

Antoine zog seine Brille ein Stück weit nach unten und hielt das Handy nah vor sein Gesicht. Fritz war es fast, als würde er darin versinken wollen. Minutenlang sprachen sie nicht miteinander und wenn Antoine etwas sagte, dann auf Französisch und zu sich selbst.

»Wer ist sie?«, fragte er schließlich.

Fritz verstand die Frage nicht.

»Verzeihung, was?«, fragte er.

»Wer ist sie?«, wiederholte Antoine seine Frage und zeigte auf das Handydisplay. »Du hast sie mehrfach fotografiert.«

Fritz betrachtete das Foto und fragte sich, wie weit Antoine gescrollt haben musste.

»Das ist Anne«, antwortete er zögerlich. »Wir studieren gemeinsam.«

»Du studierst auch noch?«

»Ja, neben der Arbeit. Zweimal die Woche abends und am Wochenende.«

»Und wann lebst Du?«

Fritz ließ die Frage unbeantwortet und konzentrierte sich auf die Straße.

»Wirklich schönes Bild von Deiner Freundin.«

»Sie ist nicht meine Freundin«, protestierte Fritz. »D'accord!«, entgegnete Antoine und ging wieder durch die Bildergalerie. »Sie hat wirklich sehr besondere Augen«, analysierte er weiter. »Ja! Die schönsten, die ich kenne!«

Als Fritz gerade den Kofferraum ausladen wollte, unterbrach ihn Antoine in seiner Tätigkeit. »Komm mal mit, Junge! Das hier mache ich gleich selber.« Er führte ihn ins Wohnzimmer und bat ihn kurz zu warten. Einige Zeit später kam Antoine zurück. Er trug eine Kiste unter dem Arm und eine Tasche über der Schulter. »Setz Dich!«, sagte er. »Ich habe etwas für Dich.« Fritz wollte bereits protestieren, doch Antoine ließ es nicht zu.

»Du und Deine Freundin? Schreibt Ihr Euch?«

»Ja, hin und wieder«, sagte Fritz misstrauisch. »Nur gerade ist es schwierig.«

»Wieso schwierig, hast Du es verbockt?«

»Nein!«, rief Fritz empört. »Ich mein', wegen des Internets.«

»Du brauchst doch kein Internet, um ihr zu schreiben«, sagte Antoine. Mit großer Freude entleerte er die Tragetasche und keinen Augenblick später durfte Fritz ein Briefschreibset sein Eigen nennen. Was soll ich denn damit, dachte Fritz. »Das weißt Du ganz genau!«, antwortete Antoine. Fritz fühlte sich ertappt. »Frauen wollen Briefe bekommen. Ich bin zwar schon alt, aber das hat sich in all den Jahren nicht verändert. Ich habe aber noch etwas für Dich«, sagte er und zauberte eine alte Kamera aus der Kiste. Es war ein altmodischer Apparat mit braunem Lederriemen und ohne Display, dafür aber mit Filmspule und Rädern zum Drehen.

»Du machst gute Fotos. Hiermit geht es besser! Glaube mir! Ich bringe es Dir bei!«

Anne

Südfrankreich, 15. April

Liebe Anne,

wahrscheinlich wunderst du dich genauso stark wie ich, dass ich dir einen Brief schreibe. Um ehrlich zu sein, weiß ich auch nicht so genau, wie ich beginnen soll. Ich bin momentan in Südfrankreich, in einem Bergdorf in der Nähe von Avignon. Das Dorf ist umringt von Wald und Feldern und erinnert mich ein wenig an die Stadt aus dem Film Chocolat (damit du ein Bild vor Augen hast). Handyempfang gibt es hier so gut wie nicht, sonst hätte ich mich bereits wieder viel früher gemeldet. Zuerst einmal sorry, dass ich so lange nicht geschrieben habe. Ich wollte dich auf jeden Fall nicht ghosten. Ich bin fast schon zwei Monate hier und wohne bei einem alten Herrn namens Antoine. Sicherlich fragst du dich, warum? Wie du ja weißt, mochte ich meine Arbeit immer sehr und sie stand bei mir auf Prio 1. Deshalb ist es wirklich schwierig für mich zu erklären, warum ich dann genau das Gegenteil dachte. Ich bin auf jeden Fall einfach aufgestanden und gegangen und ganz bewusst mit dem ersten Zug nach Paris gefahren. Dass ich dann aber in dem falschen Zug hierher gelandet bin, war eine Mischung aus Zufall und eigener Dummheit. Antoine nennt das Schicksal und vielleicht hat er sogar ein bisschen recht damit. Der ist übrigens richtig cool. Ich weiß nicht genau, wie alt er ist und generell nicht alles von ihm, aber ich fühle mich wohl hier. Er ist Fotograf und ich helfe ihm dabei, seine Fotos zu entwickeln und zu katalogisieren. Ich weiß gefühlt mittlerweile alles über Negative und Positive und hätte nie gedacht, wie vielschichtig Fotografie eigentlich sein kann. Es macht mir aber richtig Spaß. Vielleicht werd' ich ja Fotograf - naja, wer weiß! Die Tage fahren wir wieder nach Avignon, damit die Fotos gerahmt werden können. Da habe ich auch wieder Handyempfang. Vielleicht können wir ja dann kurz telefonieren? Heute Abend treffen wir uns aber erst einmal mit Irène (genauso alt wie meine Mum) im Dorf. Sie unterrichtet Englisch und Mathe (ja, ich weiß!) und leitet zudem das Café hier. Also den einzigen Treffpunkt. Wir drei sitzen oft zusammen und spielen Karten und sie ist fast noch cooler als Antoine. Aber auch nur fast. Ich bin gespannt, was mich hier noch erwartet. Die Arbeit vermisse ich erstaunlicherweise gar nicht, die Uni auch nicht unbedingt, nur ein bisschen das Gefühl, in der Uni zu sein.

Ich hoffe auf jeden Fall, dass es dir gut geht und dich der Brief überhaupt erreicht.

Lieben Gruß

PS: Sorry für die Wahl des Briefpapiers. Ich hab's mir von Antoine geborgt.

Fritz unterschrieb den Brief und steckte ihn in einen Umschlag. Anschließend übertrug er Annes Adresse aus einer WhatsApp-Gruppe auf das Couvert. Auf die Rückseite schrieb er die Adresse von Antoine, auch wenn er nicht mit einer Antwort rechnete. Zuletzt legte er noch ein Foto bei, auf dem Antoine vor seinem Haus steht. Dann lief er ins Dorf und gab den Brief Irène, die den Leuten anbot, ihre Post in Avignon einzuwerfen.
»Süßes Briefpapier!«, lachte sie.
»Danke!«

Abend

Brief Nummer vier
Südfrankreich, 19. Mai

Liebe Anne,

wenn meine Berechnungen stimmen und die Post genauso arbeitet wie die letzten Male, erreicht dich dieser Brief genau richtig. Dementsprechend: Happy Birthday. Ich hoffe, du hast heute einen richtig schönen Tag und wünsche dir für das kommende Lebensjahr alles Gute. Wie lief eigentlich deine Klausur? (Kann ich aufhören, mit dem Daumendrücken?) Und noch viel wichtiger, was hast du geschenkt bekommen? Der Sommer ist da und mir geht es richtig gut. Nur leider bin ich hart allergisch gegen irgendwas, das Antoine hinterm Haus anbaut. Und ja, ab sofort kannst du mich Fotograf nennen. :)

Beste Geburtstagsgrüße, Dein Fritz

PS: Was machst du in den Ferien?

Fritz zupfte noch schnell eine Kornblume vom Feld, legte sie dem Umschlag bei und rannte zum Café. Irène hatte sie eingeladen, gemeinsam auf ihre Beförderung anzustoßen und das ließen sich Antoine und er nicht zweimal sagen.

»Noch ein Liebesbrief?«, empfingen sie Fritz.
»Nein, nur ein Geburtstagsgruß«, antwortete er etwas verlegen und warf den Brief in den Postkorb. »Aber das hier, das ist für dich!« Er zog eine runde Kiste hinter seinem Rücken hervor und gab sie Irène. Freudestrahlend öffnete sie sie und packte einen roten Filzhut aus.
»Für die neue Stelle«, sagte Antoine. Irène bedankte sich überglücklich, setzte den Hut auf und posierte in Fritz' Kamera.

Antoine und Fritz waren die letzten Gäste, die das Café verließen. Es war bereits dunkel geworden und spät, doch noch keiner von beiden war wirklich müde. Also beschlossen sie, den Abend noch etwas zu verlängern und setzten sich ins Wohnzimmer. »Spielst du Schach?« Zwei Stunden später hatte Fritz viermal im Schach verloren und erkannte, dass es das Klügste sei, eine weitere Revanche zu verschieben. Der ist heute einfach zu gut drauf, dachte

Fritz, während er das Brett abbaute.

»Warum hast Du gekündigt?« zerriss Antoine seine Gedanken.

»Ähm, ich weiß es nicht so genau.« Fritz sah, dass Antoine auf eine richtige Antwort wartete. »Ich glaub', ich musste einfach. Ich wär' da nicht glücklich geworden.«

»Ach, Junge! Glück ist nicht so einfach. Ich schätze, es ist schon genug, wenn Du am Ende mehr Tage im Licht, als im Schatten verbracht hast. Und sei es nur ein halber Tag mehr. Und wenn Du diese Tage mit jemandem teilen konntest, den Du magst. So wie Deine Anne.«

Fritz unterbrach ihn: »Warum bist Du überhaupt Fotograf geworden?«

»Weil ich verstanden habe, was ein Foto ist.«

Fritz konnte die Antwort nicht begreifen.

Antoine drehte sich zu ihm und fragte ernst: »Fritz, was ist ein Foto?«

Er überlegte: »Eine Momentaufnahme?«

»Licht. Einfach nur Licht. Suche immer nach dem Licht in Deinem Leben, Junge!«

Antoine erzählte noch viel an diesem Abend und Fritz hörte aufmerksam zu, bis er sich schließlich ins Bett verabschiedete: »Gute Nacht, Antoine! Das war ein schöner Abend!«

»Ja, ein Abend für die Ewigkeit.«

Abschied

Antoine starb am nächsten Morgen.

Erst Tage später erfuhr Fritz woran.

Bis zu diesem Zeitpunkt jedoch blieb das Gefühl von überfordernder Hilflosigkeit in seiner Brust bestehen. Fritz fand ihn in seinem Schaukelstuhl und konnte einfach nicht mehr helfen.

Irène leitete alles in die Wege, sagte den wenigen Freunden und Menschen der Gemeinde Bescheid und organisierte die Beerdigung. Dafür nahm sie das Ersparte von Antoine. Sie suchte gemeinsam mit Fritz einen Sarg aus und plante die Messe.

Zuletzt trug sie für den Nachruf all das zusammen, was sie über das Leben ihres Freundes wusste und zog Fritz als Einzigen ins Vertrauen, dass es Krebs im Endstadium gewesen war. Es war Antoines eigener Wunsch, nicht als Verlierer einer Krankheit in Erinnerung zu bleiben, sondern so, wie ihn die Leute eben kannten: etwas mürrisch und zurückgezogen, dafür aber immer freundlich, humorvoll und äußerst warmherzig.

Es waren wenige, aber wahrhaftige Menschen. Es war kurz, aber würdevoll. Ein liebevolles "Auf Wiedersehen".

Fritz stand verloren neben dem offenen Grab und kämpfte gegen seine immer nasser werdenden Augen. Gerne hätte er jetzt eine Hand zum Zerdrücken gehalten.

Der Priester der kleinen Gemeinde skizzierte andächtig das Leben des Verstorbenen und erst jetzt erfuhr Fritz, welche Wege Antoine volle 81 Jahre gegangen war: Geboren mitten im Krieg als vierter Sohn einer Bauernfamilie, trat er mit gerade einmal 14 Jahren ins Militär ein. Er verdiente sich den Namen d'Artagnan und erlernte die Fotografie an unterschiedlichen Fronten. Er verließ die Armee mit Kamera und Auszeichnung und zog für die Liebe nach München. Gemeinsam bereisten sie die Welt und lebten an den unterschiedlichsten Orten. Nach dem Tod seiner Frau kehrte er nach Frankreich zurück und kaufte sich das Haus unten an der Straße.

Als sich die Trauergemeinde langsam auflöste, ging Herr Magnon, der Rahmenmeister aus Avignon, zu Fritz hinüber, gab ihm die Hand und sagte: »Du bist also der Typ, der ihn vom Sterben abgehalten hat. Gut gemacht!«

Fritz wusste nicht, wie er das verstehen sollte.

Zwei Tage später wurde das Testament verlesen. Irène und er hatten lange danach suchen müssen, fanden es aber schließlich in einer versteckten Kiste alter Dinge. Es war nur ein Blatt Papier, mit Füller beschrieben.

Der Inhalt war kurz und schnörkellos. Das Haus samt Garten und Feld, ging an die Gemeinde. Beim Interieur sollte sich jeder bedienen können, wer mochte. »Ich brauche es ja jetzt nicht mehr. - Aber bitte, benehmt Euch dabei!«

Nur einige wenige Möbelstücke und Habseligkeiten wurden bestimmten Personen gewidmet. Die Büchersammlung im vollen Umfang ans Café gespendet. Alles in allem keine Überraschung. Bis auf eine: Es gab einen Nachtrag auf Deutsch vom 17. Mai. Dort stand: "Alles, was mein fotografisches Leben betrifft, Fotos, Negative, Positive, Filmrollen, Ordner, gerahmte Fotografien und sämtliches Equipment fotografischen Schaffens, vermache ich meinem neuen Freund, dem jungen Fritz, in der Hoffnung, dass mein Traum weiterlebt."

Fritz war sichtlich überfordert.

Der Notar gratulierte ihm und sagte. »Sie wissen, das war sein tatsächlich letzter Wille.«

Abreise

Auch nach der Beerdigung fühlte sich Fritz weiterhin komisch. Eigentlich wollte er noch einige Zeit länger in seiner Kammer unterm Dach bleiben, doch irgendwie, war es nicht dasselbe. Irène bot ihm an, bei sich zu wohnen und Fritz nahm dankend an. Wie nah man Fremden doch stehen kann, dachte er, als er seine Sachen packte.

In den folgenden Tagen telefonierte er mit seiner Mutter öfter, als in den vergangenen Monaten zusammen und freute sich, dass sie ihn abholen wollte. Es war Zeit, nach Hause zu gehen.

Irène und Fritz brauchten volle drei Tage, um alle Fotografien und das gesamte Equipment Antoines zu verpacken.

»Was machst Du jetzt mit all den Fotos?«, fragte sie, als sie den letzten Bilderrahmen ins Wohnzimmer trugen.

»Ich möchte, dass sie gesehen werden!«, antwortete Fritz. Irènes Blick fiel auf die Stapel unzähliger Kisten. »Das sind aber ganz schön viele!«, sagte sie und begann laut zu lachen.

»Ja, scheiß viele!«, meinte er und fiel mit ein.

»Mein Onkel arbeitet in einem großen Museum. Vielleicht hat er ja eine Idee. Er hat zumindest eine Spedition beauftragt, die Kisten abzuholen«, erzählte Fritz weiter. Irène drehte sich dramatisch und klatschte in die Hände. »Ich habe Antoine immer gesagt, dass er ausstellen soll. Aber nein, er sagte immer nur: »Was sollen meine Fotos denn in einem Museum? ....«

».... mich kennt doch niemand!«, vollendete Fritz den Satz. »Ja, das hat er mir auch gesagt.«

»Was ist mit der Kiste dort?«, fragte Irène schließlich. Soll ich sie noch verpacken?«

»Oh, Nein! Das ist deine!«

»Meine?«, fragte sie erstaunt.

»Ja! Ich hab' dir einige Dinge eingepackt. Quasi als Erinnerung.«

Irène öffnete die Kiste und entnahm ihr eine Kamera, einige Filmrollen, einen Fotografielehrband und ein Set Briefpapier. Fritz hatte sich die Freiheit genommen, auf jeden Umschlag bereits seine Heimatadresse zu setzen. »Süßes Papier!«, sagte sie und Fritz musste grinsen. Darüber hinaus hatte Fritz noch eine gerahmte Fotografie und ein Fotobuch beigelegt.

Irène nahm den Bilderrahmen auf und betrachtete das Foto darin. Fritz sah, wie sich eine kleine Träne aus ihrem Augenwinkel stehlen wollte, was sie jedoch mit einer gekonnten Drehung und versteckter Hand zu verhindern wusste.

»Das war der letzte Abend«, sagte er und zeigte auf die drei Gesichter, die fröhlich in die Kamera strahlten. Gerührt bedankte sich Irène: »Das kommt ins Café. .... Über seinen Stammplatz!«

Fritz' Mutter hatte Urlaub genommen und kam für eine Woche, mit der Absicht, ihn einzusammeln und noch einige Tage gemeinsam am Meer zu verbringen. Das Wiedersehen war emotional und Fritz konnte es kaum erwarten, seiner Mutter alles zu zeigen. Er zeigte ihr Antoines Haus, den Garten und die Felder und auch das erste Foto, das er selbst entwickelt hatte. Er zeigte ihr die Kirche, den Friedhof und natürlich das Café und machte sie mit Irène bekannt. Zwei Tage später brachen sie auf. Irène war zu Verabschiedung gekommen. »Danke, dass Sie für ihn da waren.«

»Darf ich fahren?«, fragte Fritz.

»Fritz, das ist ein gemieteter Schaltwagen.«

»Ja, und?«, lachte er und stieg ein.

Fritz' Mutter setzte sich auf den Beifahrersitz und betrachtete ihren Sohn. Obwohl er nicht gewachsen war, wirkte er größer als zuvor. Und leise dachte sie, gut, dass er das gemacht hat.

Ausstellung

"**Licht im Leben**" war der Titel der zweiwöchigen Fotoausstellung, die die Welt zeigte, wie Antoine sie gesehen hatte. Fritz hatte gemeinsam mit seinem Onkel alle Fotografien Antoines gesichtet, katalogisiert und eine Ausstellung entwickelt, die in der Übergangszeit zwischen zwei großen Wechselausstellungen platziert werden konnte. Ein breiter Querschnitt durch Antoines fotografisches Leben.

Auch Fritz hatte einige Fotos beigesteuert: Eine Nahaufnahme seiner Mutter, die in der alten Landküche einer Ferienwohnung steht und in die Kamera lacht, Irène mit Zigarette und Hut in ihrem Café, ein Foto von sich und Antoine vor seinem Haus, was für wenige Monate auch zu Fritz' Zuhause wurde und zu guter Letzt das Portrait von Anne. Darüber hinaus ergänzten einige Exponate, wie die alten Kameras und Filmrollen, sowie Infoplakate über Fotografie die Ausstellung. Schade, dass er das nicht sieht, dachte Fritz, als er ein letztes Mal durch die Ausstellung ging und nach dem Rechten sah.

Obwohl die Vernissage auf einem Donnerstag lag, schoben sich die Leute durch die Hallen des Museums. Kunstliebhaber aller Altersgruppen zollten einem völlig unbekannten Künstler Tribut. Am Ende zählt doch die Kunst, dachte Fritz und war vollkommen überwältigt von einem derart großen Interesse.

Es lag an ihm, die Ausstellung zu eröffnen und so wartete er, bis jeder ein Glas zum Anstoßen in der Hand hielt, betrat schließlich eine kleine Bühne und stellte sich ans Rednerpult. Aufgeregt schaute er ins Publikum und strahlte über beide Ohren, als er in der letzten Reihe Irène erkannte. Sie war tatsächlich seiner Einladung gefolgt.

»Guten Abend, meine Damen und Herren. Ich freue mich wirklich sehr, dass Sie alle so zahlreich erschienen sind und möchte Sie im Namen des Museums und allen Verantwortlichen recht herzlich zur Eröffnung unserer Ausstellung "Licht im Leben" willkommen heißen. Um ehrlich zu sein, bin ich eigentlich der Falsche, um hier zu stehen. Ich bin nämlich nicht der Fotograf und daher auch nicht für die Kunst verantwortlich, die Sie im Laufe des Abends noch ausführlich bewundern können. Der Fotograf war und ist Antoine Durierre.«

Nach etwas weniger als zehn Minuten beendete Fritz seine Rede, schnitt symbolisch eine rote Schleife durch und gab die Ausstellung damit feierlich frei. Er war erleichtert und stürzte sich fröhlich ins Gedränge. Er unterhielt sich mit vielen Leuten über Fotografie und Kunst und Bildsprache und merkte in einer ruhigen Minute, wie viel Spaß ihm dies bereitete. Plötzlich wurde er am Arm gezogen. »Fritz? Fritz! Komm mal bitte kurz mit! Ich würde dir gerne jemanden vorstellen«, sagte sein Onkel. »Einfach nur Jochen«, sagte die neue Bekanntschaft. »Dein Onkel hat mich eingeladen. Fritz, hier hängen ein paar wirklich schöne Fotografien. Ich leite die Sammlung im Museum für Fotografie in Berlin und würde mich die Tage gerne einmal mit dir über etwas austauschen.«
Als es sich langsam leerte, hatte Fritz bereits unzählige Hände geschüttelt und etliche Male auf Antoine angestoßen. »Er wäre stolz gewesen!«, flüsterte Irène bei der Verabschiedung.

Glücklich und zufrieden fand sich Fritz schließlich vor seinen eigenen Bildern wieder. »Entschuldigung? Dieses Bild, das hätte ich gerne!« Fritz erkannte die Stimme sofort, wirbelte herum und schaute in die schönsten Augen, die er kannte. »Hey!«

ALEXANDER SEIDL

Alexander Seidl ist ausgebildeter Veranstaltungskaufmann und arbeitet zudem als Singer/ Songwriter und Fotograf. Kreativ breit aufgestellt, interessierte er sich bereits früh für das Schreiben von Texten und leitet mit der Veröffentlichung seines Debutromans "Licht im Leben", den eigenen Weg als Autor ein. Geboren 1998, lebt und arbeitet er in Ratingen.

www.alexanderseidl.net

Loved this book?
Why not write your own at story.one?

Let's go!

FSC
www.fsc.org

MIX

Papier | Fördert
gute Waldnutzung

FSC® C083411